ゆるがるれ

堤　美代

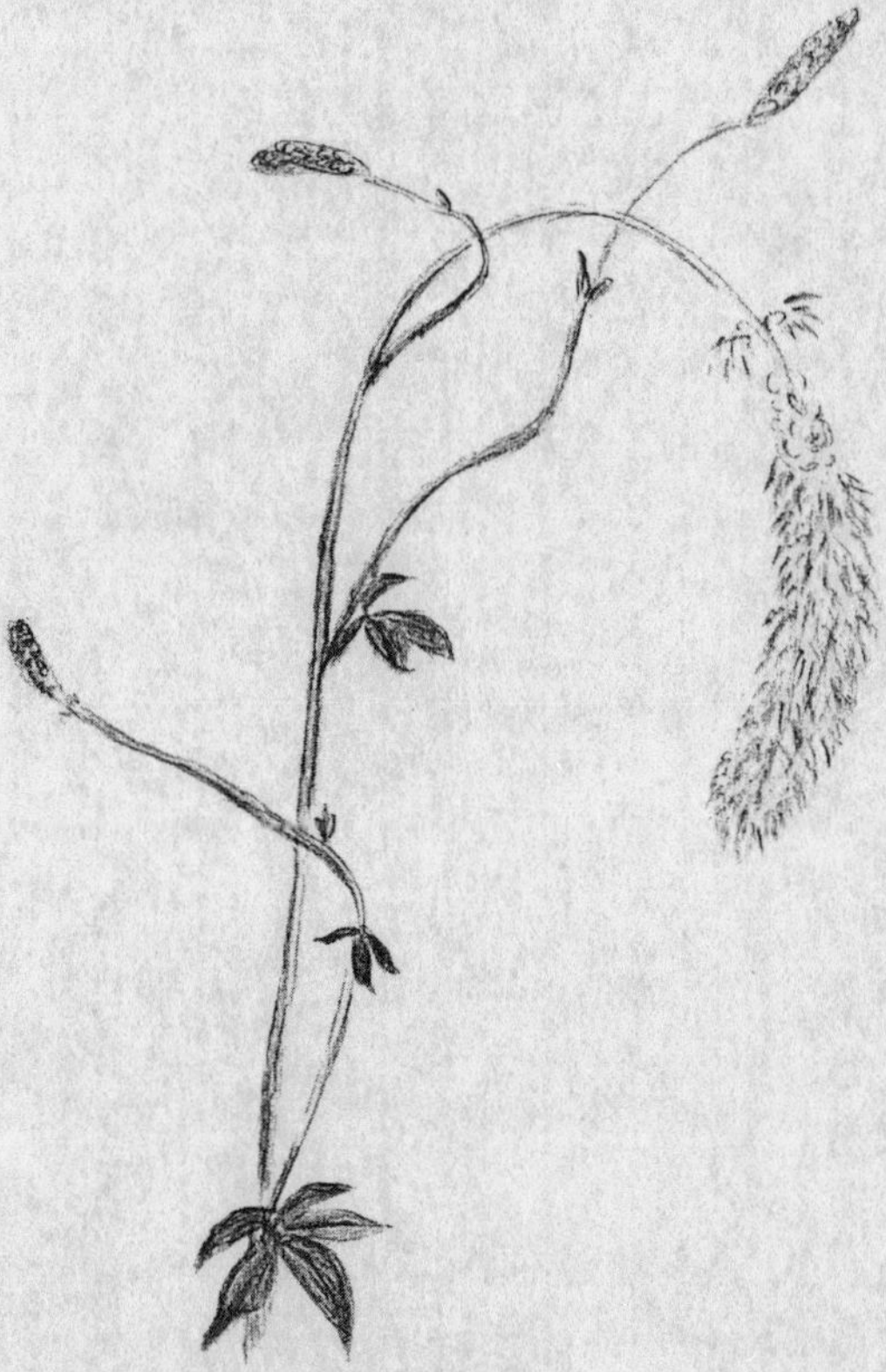

カライトソウ

桜掬う漂ふ民の末裔にして
桜の下に座ると魂のなかに私がいる

巻貝を聴く内耳に桜降るやうな

げんこつに闇を握って花を観に行く

こころにも蓋あり花吹雪く日は塞ぐ

永訣といふ断罪を受く桜の下

春愁の卵青くて割れやすき

麦畑に死を産んで雲雀隠れけり

現実もまたゆめじゃろが雪廂

骨拾うこの世に遺す顎《あぎ》と虚無

桜惜《お》きてマスカラを梳く女子会《おみな》たち

幽かにさくら降る日は柩車近づく

寂しければ桜を囓る日暮れかな

花筵《はなむしろ》わが喪失の背に担ぐ

雪解水鴨にも寄り添え花筏

よもぎ摘む蝮も摘んで毒揉まむ

田植え待つ早苗に告げよ今朝水上《あ》ぐと

通り雨桔梗ふふふっと笑まひけり

にわたずみ咳込む肺の暗《くら》がりに
籾《もみ》発芽じぶんの外に出る夜明け

左の肺に雨の螢が棲まひけり

ほうたるを聴くやうにして掌をつなぎ

早苗饗《さなぶり》や水の女のゴム足袋を脱ぐ

ゴム足袋脱ぐ早苗饗の日の紫陽花は藍

沙羅ふるふる埋めねばならぬ蟻地獄

天の慈悲地上の哀しみ鉄線花《クレマチス》

ほうたるの闇に包まれている躰の闇は
「敦盛」転生平家蛍に逢ひにけり

わが肉《しし》を荼毘《だび》に付す朝半夏生《はんげしょう》

わたしってどのわたしのことスマホの人

啓示とは桔梗《きちこう》という名の真《ま》紫《むらさき》

夢の船沙羅の花降る渕まで漕ぐ

死者数多《あまた》胸に堰《せ》く朝桔梗咲く

「もう、これっきりです」立葵紅《あか》

藤棚の下の中折れ帽子と父子草

稲　麦を梳《す》べ砧《きぬた》の如く父死せり

庭に黄泉《よみ》ひらかれておりトラノオ踏む

三界は冥《くら》しほたるぶくろを御灯《みあかし》とせむ

なずな咲く君はナナホシテントウのゆめ

辛夷散るひとひらは骨片ひとひらは花

半身は蜉《かげ》蝣《ろう》夢の世に月満ちて

吉野弘詩集（I wos born）に

死に繭を煮る母の桛《かせ》車《ぐるま》

麦秋の父の寂寥父の麦笛

麦秋に破船のごとき父の襯衣《シャツ》干す

麦一粒爆ぜて大地は鎮まれり

青葉蔭同行二人トラノオが追う

紡錘《つむ》捲いて母には遠き海ばかり

米零すように母の掌から繭玉

母の鰾座《ひびざぐ》繰りの糸の切れやすし

兄出奔まぼろしの母哭きにけり

ねむ散って空蝉の母破れたり

空蝉に合歓の花《はな》影《かげ》通り過ぐ

ごまみそずいと母は釣瓶を落としけり

亡き父と亡き母在ます裏の井戸

桛車りんりんと母と陽とを繰り

泥酔の破船となりて父帰る

河骨《コウホネ》の青の匂いよ母の足裏

水引草さわった曾《かつ》ての母の膕《ひかがみ》

ドクダミ

寄《よ》ってかねえ　何も無《ね》えけど　お茶淹れる

ネギあるかい　無えなら来なよ　獲《と》ってきな

居ねんかい　蕗置いてくよ　また来るよ

はあてんで（全然）　耳も遠いし目も見えねえ

はあ　私《あっし》や　行くとこが無え　墓だけだ

居るんかい？　いるよ　ただいま化生《けしょう》中

居《い》ねんかい？　姨は留守家に　聲を掛け

雨あがり　姨のモンペを透《とお》る木犀

フシグロセンノウ

通草成《な》る　動いてるんだね蔓も実も

陸奥の善《う》知《と》島《う》の杜の夏祓え

（青森市安方善知島神社に詣ず）

白河の関守は留守露草は群青《あお》

村八分村界に立つ猿田彦神

旅人は罅《ひび》へ罅へと身を漂《さら》し

旅人よと書いてペン先夏痩せす

迎へ盆姑《はは》に先立つ児の位牌

凌霄花《のうぜん》や子なきは哭かぬ這ひのぼる

風鈴の招かざる客送り出す

縁側の芒十五夜にさはっている

遠稲妻死は左耳から入るような
つかのまの生死眼を刺す髪剪れば

キバナコスモス

甕に射す日と月と星と白障子

静寂はしたたり止まぬ白壺婉《えん》

青い沼の息ふかぶかとして身罷りぬ

沼暮れるわたくしが沈むまで待って

天涯の室生寺ひとり初時雨

なむ紅葉あみだぶつ紅葉くれなひに

冬至の猫背にまぼろしを着て帰る

女といふ嘘に名を借る獺祭魚《だっさいぎょ》

生贄を指折り数ふ喉の青痣

験される嘘あり噴水横殴り

下北《しもきた》　野辺地《のへじ》　青い森鉄道に時雨来る

（青森県青い森鉄道）

夢さえも夢亡きひと墓に雪降らす

夢の底に躰《み》を容れる杉の柩あり

百万回死ぬ死者ますます生きてくる

布引山ここからは闇といふ立て札がある
（長野県布引山）

湯灌してこの世の庭は牡丹雪

足枷の鷲の目ばかりとなる羊雲

鷲の目のどこまで薄暮どこまでが夜

出奔の兄遺骨で帰郷す秋茜

亡骸《なきがら》を拾ふこぼれる萩のはかなさで

雨あがり冥界を嗅ぐ銀木犀
かなしみをさはるように夕顔をさはる

白百合は反り返り見たのかカインの闇

ほうたるの闇に近づきすぎて転ぶ

夜を曳く蛍と水と草と樹と

茄子の牛の鼻より時雨る送り盆

お茶碗を欠いてわたくし暮れました
なずな折り道占をする喪の帰り

朴の葉散るストーヴの上の蕎麦ぜんざい

悲しみよ止《とど》まれ　永遠の隣は空けておく

一角獣に角《つの》なくば忘れやすからむ

柘榴ふたつぶ余命少くなき人の手に

手を振った振ったあの手どこまで往ったやら

紋黄蝶バラに寄り添え主《あるじ》ウツ病

三万年凍る子象の孤独にさはってはならぬ
なずな折る道占ひとり行くあてもなし

玄冬の鎖骨に橙色《オレンジ》の肩掛《マフラー》けを撒く

胡座《あぐら》の中にわたくしが居る父の晩酌

一茎の山茶花を供する猿田彦神

煮崩し鰈《かれひ》の卵ゆうべの嘘

分骨の掌《たなごころ》に乗る兄の流離《さすらひ》

骨壺に聴く漂泊《さすらふ》兄の海鳴りの音

小麦蒔く姥は曠野《あらの》のごとき手のひら

深爪の掌《てのひら》の荒野に女雛乗す

断罪の何ぞ蜥蜴のしっぽ半分

ボードレールもランボーも眩暈《めまい》葱を植う

放たれし歳月の肩に担ぐ唐鍬

五位鷺の孤独に日暮れ近づいて行く

白梅切る掌《てのひら》の曠野《あらの》水をください

さくら挿《かざ》す漂白《さすらひ》の兄の骨壺に

なずな折る無垢の掌でなく泥の掌で
なずな咲く無垢といふ名の小さく白く

この世では逢へぬ沢《さは》の螢の夢で逢ひたし

君逝くて花の世しゃぼん玉売りばかり

櫻吹雪く畑打つ小林のおばあちゃんが消えた
これから逝く君は虹の下で待って

螢翔ぶつなぐ手離さばあの世かな

目で見らる実存の何ぞ耳で聴くさくら

ムギ

あとがき

春風の花を散らすと見る夢は
覚めても胸の騒ぐなりけり

と西行はさくらを歌ったが、幼い頃からずっと夢と現《うつつ》の間《あわい》を往ったり来たりしながら言葉に問うて歳を重ねた。三冊目の一行詩も、生と死の道行きの姿を書き綴りながら、この世の不可思議を自らに問い続ける営みとなった。詩を書くとは、己の魂の在り処を探し続けることに他ならない。

この度の、出版に対して多くの方々からのご協力と励ましを頂けたこと有り難くお礼を申し上げますと共に感謝を捧げます。

尚、この詩集の表題「ゆるがるれ」は、「梁塵秘抄」／遊びをせんとや生まれけむ／戯れせんとや生まれけん／遊ぶ子どもの声聴けば／我が身さえこそ動《ゆる》がるれ／。の「動《ゆる》がるれ」から引用させていただいた。

堤　美代（つつみ　みよ）
一九三九年生まれ
詩集「村の四人」
「石けんを買いました」
「鬼やらい」
「羊の風景」
「途上」
「あの子じゃわからん」
「百年の百合」
「野の銃口」

ゆるがるれ　一行詩集
二〇一五年五月十五日発行
著者　堤　美代
発行者　富沢　悟
発行所　榛名まほろば出版
〒三七〇－三五〇四
群馬県北群馬郡榛東村広馬場一〇六七－二
TEL・FAX　〇二七九－五五－〇六六五
http://homepage3.nifty.com/harunamahoroba/
振替口座　〇〇五四〇－五－八〇四七九
ISBN 978-4-907880-04-0
C0092 ¥1500E
イラスト　堤　美代　　題字　石橋紀子
定価　本体１５００円＋税
印刷所　上武印刷株式会社